美女入門 金言集

マリコの教え

117

林真理子

マガジンハウス

美女入門金言集 目次

美女の条件
To be Beautiful

女の人生とは

Girls be Ambitious.

恋の教訓
Lessons for Love

結婚の心得

Rules for Marriage

おしゃれは生きがい

I Love Mode!

ダイエットはライフワーク
No Diet, No Life.

譲れないポリシー Mariko's Motto

美女入門金言集

マリコの教え
117

イラスト　著者

美女の条件

To be Beautiful

最近の日本人女性は、本当にキレイ。おしゃれでセンスがよく、いきいきと暮らしているのはまぶしいほどです。

だけど美女と名づけられる人は、そう多くはいません。むしろ多くの女性たちは、美女とは遠い場所にいると思います。〝個性〟などという慰めがあったとしても、やはりそれは美女から遠い位置にいるということを表しているのではないでしょうか？

そうなると、自らを美女の女友だちの中に浸し、徹底的にそのエッセンスを吸い取るしかありません。私も川島なお美さん、君島十和子さん、その他の「美女だち」の仲間になり、その教えを日々乞うています。

美女の条件として欠かせない、肌、爪、髪、歯といったパーツ。これらはお手入れしているか、していないかが、他人から如実に見えてしまう場所。でも「美女だち」は、みなこういった場所に手を抜かないもんです。美女ほど日々の努力を怠らないのです。

私も「美女入門」というテーマでエッセイを10年以上書き続けている立場上（?）、「美女だち」を見習い、日々努力を続けています。そうして少しずつ美女に近づいているのではないかしら？　つねに新しいコスメをリサーチし、いいものがあると聞けば、すぐに買って試す。

いつまでも前を見て努力を続けること。これぞまさしく、美女の条件だと思うのです。

1

美女はシンプル、美女は賢い。美女はさりげない。

女優の川島なお美さんたちと「魔性の会」を結成した。彼女はすべてのことがすごく自然で可愛らしいのだ。そして私の心の中にある最大の謎をナオミ・カワシマにぶっつけてみた。「そんなに飲んで食べて、どうしてこんな体型でいられるの？」「簡単よ。人と会わない時はすごく節制してるもの」。（『美か、さもなくば死を』マリコ、負けるな！）

2

女はブスに生まれるのではない。ブスになるのだ。

中学生の頃、誰かに、「ブス」とか言われ、傷ついた。するとどんどんデブになり、身のまわりに構わなくなった。友だちのほんのちょっとしたひと言がきっかけで、いじめや不登校が始まるように、少女の運命も決まってしまうのだ。

（『トーキョー偏差値』美人になあれ）

「中学生になると、容姿で差別されるようになります。そして悲しいことに、そういうことで自分が上流ではなく、下流の人間だとわかるのです」

3

美人って、そもそもガイコツから違う。

君島十和子さんは素顔でも本当に綺麗。肌はもちろんのこと、何より違うのが骨格で、美人は横顔が整っているというのはご存じのとおり。鼻が前に出て、アゴも出て、口がぐっとひっ込んでいる。よく言うEラインというやつだ。

（『美女は何でも知っている』ダイエットの大敵）

「美人作家・川上未映子さんが『美女は骨格』とおっしゃって、名言だわと思ったら……私も昔そう言ってたんですね（笑）」

4

美人というのはディテールに凝る人だ。

夏が近づくと、いつもアリとキリギリスの話を思い出す。冬の間、タイツやソックスをはくのをいいことに、足の手入れを怠けていた私はさしずめキリギリス。そしてアリのように、真冬もせっせと足の手入れをしていた女の人が、夏は勝つのです。そして居酒屋の座敷に座った時。綺麗にペディキュアされ、カカトもきれいな友だちの足を見た。やっぱり男の人がムラムラするのは、こういう生カカトに違いない。

（『美女入門ＰＡＲＴ３』真夏の悲劇）

5

気を付けよう、手抜き一分、イメージ一生。

カントリー・ホルモンに侵されたまま、夏休みを過ごした実家から直行した国立劇場で、(川島)なお美さまに初対面。ナオミさまは、顔が小さく、すごくきれいで色っぽい。勝負する気は毛頭ないが、あまりにもみじめ過ぎる。カントリー・ホルモンに侵されている時ほど、なぜか美人に会いやすい。次の日、私はすっかり反省し、美容院とネイルサロンの予約を取った。(『美女入門』ナオミ・ショック)

6

美人は努力すればそこそこの線までいく。魅力ある女には、かなりの確率でなれる。が、ゴージャスな女というのはとてもむずかしい。

ゴージャスという言葉は、豊かさが含まれていると私は思う。何も贅沢なものをいっぱい持っているかどうか、ということではない。贅沢なものが似合うかどうか、ということが問題なのだ。ジーンズも似合うけれど、イブニングを着るとぴたりときまる。さりげなく着こなしてしまう。宝石を身につけても、決して借り物のように見えない。肉体もメリハリがついた体で、つくべきところはついて、ウエストのあたりにはむだ肉がない。しかも肌がうんとキレイ。鳥ガラのように痩せて、宝石をじゃらじゃらはダメ。貧相な体に、ゴージャスは宿らないのである。

（『美女入門PART3』そうよ、ワ・タ・シはゴージャスな女）

「芸能界やギョーカイにゴージャスな女はあまりいない。むしろNPOの財団を立ち上げちゃうような人や、財閥の奥さんに存在します」

7

センスを磨き、腕を磨き、体も磨いている女のことを、私はキレイなコと呼ぶ。

この年になって私はつくづくわかった。女はキレイじゃなければダメ。キレイじゃなければ生きていたってつまらない。このキレイというのは、何も生まれついての美人というわけじゃないんだ。思えば私の人生は、キレイになりたい、男の人にモテたいという、この二つのことに集約されているような気がするのだ。

（『美女入門』お久しぶりです。）

8

美人は気から。美人は髪から。
きちんとした髪をしているということだけで、
その人の美人度はぐーっと上がるもの。

ドライヤーが大嫌いで、いつもひどい髪をしていた。でも丁寧なブロウをしたら、髪にツヤが生まれた。そして髪が伸びるのが早くなった。しょっちゅうヘアスタイルと恋人を変えていた聖子ちゃんのような青春を送りたかった。私の人生、返して欲しい。（『美女に幸あり』美人は髪から）

「キャスターの櫻井よしこさんはいつもきちんとした髪をしていらっしゃいますよね。私もまめに美容院に行くようになりました。出費ですが……」

9

魔性の女はきゃしゃでなくてはならない。

ナオミ・カワシマと車で帰宅した夜。ふっとナオミさんが答えなくなった。すーすー寝息を立てる、きゃしゃな体。男の人が肩をひき寄せるのにちょうどぴったりの、小さな肩とさらさらの髪。ぜい肉がついていたり、たくましい体つきの魔性の女なんていない。

（『美か、さもなくば死を』きゃしゃな体になりたい）

「ガタイのいい魔性の女は、この世に存在しないと思います」

10

「魔性の女」と呼ばれる女友だちが何人かいる。彼女たちに共通しているのは、ねっとり感と投げやり感であろうか。

とびきりの魔性の女C子さんはよく言う。「私っていいかげんだからさァ……」。男の人にもだらしないのよ、ということなのだが、ちょっと酔っぱらって彼女がこれを言うと、まわりの男たちは目の色を変えるのだ。

（『美女は何でも知っている』花柳界の鉄則）

「会話の途中で、突然爆弾発言を投下する女の人っていますよね。これが投げやり感なのです」

11

笑顔こそはデブの武器。

新潮社のナカセさんにしても柳原可奈子ちゃんにしても、江原（啓之）さんにしても、モテるデブの人たちって笑顔がいいですよね。デブだと本当にいい笑顔をつくれるはず。私もトレードマークの仏頂面、なんとかしなくちゃ。（『美は惜しみなく奪う』おデブのオーラ）

12

男の人と一緒の時には、放らつに食べる。この放らつ、というのはとてもセクシーなこと。

男の人というのは、ふだんダイエットしていても、自分と一緒の時は「解禁」してほしいようだ。そしてちょっとしただらしなさが、性的なことにつながっている。だらしなく食べて、ちょっと男の人にだらしなくなる。これがあるべき食事の姿なのだ。

（『美女と呼ばないで』女の解禁日）

「好きな男の人といるのにガシガシ食べるのって、すごくセクシーに見えますよね」

13

美女の言葉は黄金である。

私は美人のレクチャーが大好き。女優の川原亜矢子さんは、コーディネイトの中にベージュを入れると、肌が美しく見えると教えてくれた。女優の君島十和子さんはスキンケアやお化粧法を。美女というのは惜しみなく、自分の知恵を与えてくれる。

（『美女に幸あり』美女の言葉）

「美女のレクチャーを聞いていると、美女でさえ、こんなに努力をしているんだと、自分への反省にもつながるんです」

14

キレイになるって、危険と隣り合わせになることが多い。

ヘアメイクの子がプレゼントしてくれた睫毛《まつげ》の養毛剤。際《きわ》に細い筆で塗ったところ、エクステに間違えられるぐらいの量になったわけだ。しかし大変な出来ごとが。目が真赤に充血してしまったのだ。（『美女と呼ばないで』決死の美人術）

「炭酸ガスを注入するカーボメッドとかも、痩身《そうしん》方法として興味がありつつ、ちょっと怖い私です……」

15

美人は目の大きさでは決まらない。黒目の大きさで決まる。

魔性の女には三白眼が多い。武田久美子さんも三白眼だが、黒目の大きさが目についていかないという感じ。それが非常な色気をかもし出していた。さらに田中裕子さんや広末涼子さんにも、上品で涼やかな魅力がある。

（『トーキョー偏差値』トップの男を知る女）

「黒目を大きくしてくれるプリクラをやってみましたが、ちょっと違和感。ディファインコンタクトに頼った方がいいのかしら？」

16

今の若い人と年増とをはっきりと二分するもの。それは腋《わき》の下のキレイさです。

私たちの時代、脱毛はニードル式、つまり一本一本針を刺し、電流を流すわけ。痛いわ、効率は悪いわとさんざんなめにあった。それなのに黒ずんだ跡が残ったのが、年増の永久脱毛だ。レーザーで脱毛した、若い人のツルンツルンとはまるで違う。

（『美女と呼ばないで』こんなときこそ）

「あとは腕の注射の跡でも、年齢がわかりますよね」

17

格好いい鼻は、鼻の穴の形も格好いい。

私の鼻の穴は、ぼんやりした丸ボーロ形。一方で美しい鼻の穴は柿の種形。三十度斜めに左右対称なのは見ていて惚れぼれする。ちなみに遊び人の男の人いわく、女の人とそういうことになる時、まずいちばん目立つのは鼻の穴だそうだ。

（『美女の七光り』美人のブラックホール）

18

愛は地球を救うけど、美も地球を救う。

頑強な体を誇る私であるが、ジャニーズ事務所の方との対談の朝、最悪の体調だった。顔がむくみ、頭が割れるように痛いし、吐き気もする。最小限のお化粧とおしゃれをして向かったが、その方のカッコいいこと！　話も面白くて、私は何度も声をたてて笑ってしまった。そして対談後のツーショット。彼は私の肩を抱いてひき寄せてくれたのである！　外に出たら体中に力がみなぎっているのを感じた。美男の話。

（『美か、さもなくば死を』いい男の効用）

19

合コンの後のことはつべこべ言わない。これ、いい女の鉄則です。

「魔性の女に会ってみたい」と言うA氏とB氏に、三十代半ばの魔性の女C子ちゃんを誘い、合コンをセッティングした。私は翌朝が早いのでお先に失礼した。その後のことを自分から聞くのははしたない行為。私は辛抱強く、男性たちからの電話を待った。

（『地獄の沙汰も美女次第』合コンアフターストーリー）

「合コン後に誰と誰がどうなった、などと詮索しないのが、かっこいい大人の女ではないかしら?」

女の人生とは

Girls be Ambitious.

女のコって、本当に大変です。おしゃれもしなきゃいけないし、知恵もつけて賢くならなきゃいけない。さらに結婚したけりゃ、婚活しなきゃいけないし、人生においてやることがいっぱいです。男のコは家に帰っても、歯を磨いて寝ればいいけど、女のコには化粧を落として、明日着る洋服を用意しなきゃいけないという、ひと手間があります。

でもその過程で女のコは企みや計画を学び、歯を磨いて寝るだけの男のコより、よほど利口になれるんです。

今は実にいい世の中で、美人に生まれなくとも、おしゃれでスタイルがよければ、美人の仲間にいれてもらうことができると思います。

つまり努力次第でどうにでもなれるんです。

だからこそお化粧の仕方、ファッション、話し方、つねに女は努力し、魅力を作っていかなきゃいけない。私なんか、日暮れて道遠しって日々を送っているんですが、大切なのは努力しているプロセス。それだけでいいんだなと最近思うようになりました。

そうして身についた魅力は大きな財産です。若い頃は同じレベルにいても、二十代の終わりぐらいから、魅力のありなしで大きな差がついてきます。

どうか若いうちの努力を怠らず、深い財産となる魅力をしっかり身につけてください。

20

不幸な女は、誰からも嫉《ねた》まれない、嫌われない。だけどそんな人生、つまらないじゃないか。

女性からの支持が好き嫌いはっきりと分かれていた松田聖子に比べ、女の人からあんまり嫌われなかったのが中森明菜である。でも聖子が嫌われたのは、幸せそうだったからである。

（『美女は何でも知っている』幸福癖と不幸癖）

「年齢を重ねてしょぼくれてしまうおばさんっていますよね。ああいう女性を見るとつまらないなって思います。他人から、美貌で、仕事で、結婚相手で、あるいは子どもでと、何かしらで嫉まれない人生はつまらない」

21

神さまってものすごいエコヒイキをする。
この世の中にたまにすんごい美人をつくるけど、こういう人たちがいないと世の中は楽しくない。頑張ろうという目標も出来ないし、憧れ、という気持ちも存在しない。
その替わり神さまは、
美女に生まれつかなかった女には、
少々の才能と、美容に頑張れるようなお金をくださる時もある。

美に関する努力は、なぜか空しくならないようになっているから、女はずうっと努力することになる。するとごほうびに、神さまはまあまあの成果をくださるんではないだろうか。

（『トーキョー偏差値』神さまのエコヒイキ）

「カンヌ映画祭での松嶋菜々子さんのイブニングドレス姿なんか目にすると、私なんか自分がイヤになっちゃうわ。そういう時、本当に神さまって骨から差別するのねって思います」

22

女は階段を上り始めると、
もっと上があることがわかってくる。
歯を食いしばって
上に上らなきゃならなくなる。
すごくつらいし、苦しい。
だけどこれが野心っていうもの。

女は平地にいるうちは何も見えてこない。そういう人生しか知らない。でも一度上るとつらくて、もう降りようと思って平地を見る。だけどもうあのフラットな場所には戻りたくなくなってくる。

(『美女入門』野心というもの)

23

花には水、女にはお世辞。

「○○ちゃんって、モテると思うよ」「君って、男がほっとかないタイプだもんね」。こういう言葉をしょっちゅう浴びせてもらうと、どうだろう、いきいきと素敵な女になれる。そしてこう言おう。「ええ、私はモテたわよ。今でもモテると思うわ」（『美女入門ＰＡＲＴ２』花には水、女にはお世辞）

「女のコにとって誉め言葉ってすごく大切。それを言ってくれる男性のところに、自ら赴くべき！」

24

そんなに好きじゃなくてもいい。自分のことをうんと好きだと言ってくれる男にすべてを託す。一度人生を人まかせにする。その心地よさを試しにしてみるのよ。

例えばペット・ロスをきっかけに、今まで一度もやってみなかったことをする。家庭を持ち、子供を育てる。みんながやっていることをしてみる。頭のいい女ほど、これは効くよ〜〜。

（『美女は何でも知っている』プライドにさようなら）

25

私は野心を持った女の子が大好きだ。ただしこれには、ありきたりの小細工をつかわないこと、という条件がつく。

仕事のためなら、オジさんに手ぐらい握らせてやる。相手次第ならキスも可か……。しかもセクハラなどと騒ぎ立てない。が、最後まではさせない。この加減がわかる女というのはなかなかのものだ。

（『美女入門』野心というもの）

「小細工する女性は同性から嫌われます。そして明らかに計算して自分から仕掛けるのは恥ずべきコト」

26

狭いアパートやワンルームのマンションじゃなくって、その上の1LDKに住む頃って、女も恋愛も盛りを迎えるのである。

私は今でも羨ましくて仕方ない光景がある。それは金曜の夜、サラリーマンとOLのカップルが、スーパーの袋をぶらさげて歩いている姿だ。いいなあ、これからどちらかのうちに〝お泊まり〟するんだろうな。その際、壁の薄いワンルームなんかだと気がねもするはず。やはり女のコの方で1LDKに住むぐらいの甲斐性持って、

ばっちり主導権を握る。これが肝心だ。男の財布を頼りにしているうちは、恋愛も半人前ということ。

（『美女の七光り』１ＬＤＫの女）

「三十代の頃って恋愛が一番楽しかったなーと懐かしい気持ちに。カレがお泊まりに来ても、シャンパン一本を空け、一緒にＤＶＤを見るぐらいの心のゆとりが欲しいもの」

27

田舎を持つ女のコが帰省すると、あきらかにブスになる。

女の顔は一種のセンサーになっていて、半径三キロ以内にいい男がいないとわかると、ただちに役割を放棄する。夏の田舎に、いい男はなかなかいない。みんな東京へ行っているし、レベルの高いのに限って忙しくてなかなか帰省しないという事実。

（『美女入門』カントリー・ホルモンの脅威）

「ちなみに私は実家に戻ると、目が一重に。田舎から帰ると、夫から『そのままの顔じゃまずいよ』と言われるぐらい緩むんです」

28

パーティなんていうのも、いっときのもの。でもこのはかなさは、とても甘美で楽しい。女が美しくなるために欠かせない多くの要素を含んでいる。

(パーティに行くために)キレイにお化粧し、美容院へ行き、新作のドレスを着、マニキュアの色までびしっと決める。あれをしょっちゅう続けたらかなりの美女になれる。

(『美女入門PART3』ころぶな!ガンバレ!!)

「私も含め、仕事場からそのまま来ましたって服でパーティに現れる女性がいるけど、やはり一度帰宅して着替える心意気が欲しい。女優さんがパーティにかける、あの心意気を見習うべき」

29

男に心から愛され、いとおしんでもらう力。これは女ばっかでビール飲んでもつかないよ。

「女子」という言葉には、女だけで団結して楽しくやっていこうという気持ちが表れている。が、女子力、女子会と言っている間に、男の人は遠ざかっていく。今、必要なのは（小林麻央さんの）〝麻央力〟ではないか。フンという前にあのエッセンスを少しでも取り入れることが必要であろう。

（『美女と呼ばないで』〝麻央力〟、おそるべし）

「女子会ブームではありますが、それって素敵な男性との出会いを自ら放棄しているのかも」

30

内側のものって、時間をかけて外に出てくる。

若い時は、「内面の美しさが大切」「知性はきっと外に出る」なんていう言葉にケッと思ってた。知性より内面より、美人は手っとり早く、男の人にモテる。内面なんて見えづらいものより、外側じゃ、とずっと思っていたが、この頃ははっきりとわかる。やっぱり知性や内面って、時間をかけて外に出てくるみたいです。

（『美女に幸あり』まどろみの美女）

31

冬は幸せな人とそうでない人の差がはっきり表れる。だから努力しなくちゃ。

貯まった商品券を使い、デパートで毛糸玉やレターセットや鳩居堂のハガキ、そして家庭用品売場でボア付きのスリッパ、最後にボディオイルを買った。寒い冬、家で編み物に夢中になったり、ていねいにお礼状を書く。またオイルで肌を磨くバスタイムや、ふわふわのスリッパを履く心地よさ。こうした小さな心のぬくもりから幸せを感じる心が大切だと思う。

（『美女入門PART2』冬の心がけ）

32

頭のいい女は明かりを制す。夜はヒカリもんを動員させ、エレベーターの照明にも気を遣う。

あまりフォーマルな格好をするのはハズカシイ、という気持ちが強かった私。でも夜、フォーマルなところへ行くと照明が凝っている。ツイードやコットンは、そういう明かりの下では、ビンボーったらしく見え、絹やラメの光沢は、照明の光を受けて女の人を美しく見せる。女の顔をよく見せるか悪く見せるかというのも、店の照明ひとつなのである。

（『美女入門ＰＡＲＴ２』モテる女は光を制す）

33

私は常日頃から、「男に金を遣わせなくてはいけない」と力説してきた。お金を遣うからこそ、執着も愛も生まれるのだ。

とある男性から「銀座の路地の奥にある隠れ家のような一軒家でワインを飲もう」と誘われた。「どんなワインがお好きですか」とソムリエ。「ボルドーの赤。フルボディでね」と私。その男の人は、'89年のラ・トゥール（高

い）ともう一本（高そう）の二本を注文してくれた。ああ、なんだかとってもいい気分。男の人が目の前でじゃんじゃんお金を遣ってくれるって、なんて気持ちがいいんでしょう。

（『美女は何でも知っている』高めの女修業）

「男の人って、女の人に貴金属を買ってあげるのが大好き。そんな時は男の人にお金を遣わせないとだめ。割り勘の女はドライに切られます。これ、私の結論。もちろん、ロマンティックな関係の人に限ります」

34

ペットが死んだ日から、女の本当の人生は始まる。

ひとり暮らしで犬や猫を飼い始めるのは、たいてい二十代。お泊まりしていく彼もペットを可愛がってくれ、ペットの頭を撫でている男を見て、「いいお父さんになりそう」と胸がキュンとする。が、ペットは十数年生きて死ぬ。彼らを連れてお嫁入りが出来ていればいいが、私の知っているたいていの女性は、独身のまま三十代を迎える。こんな時、ペットに死なれるともうたまらない。百パーセントに近い確率でペット・ロスになる。

（『美女は何でも知っている』プライドにさようなら）

恋の教訓

Lessons for Love

女はずるがしこくていいと思うんです。

某有名学者も私に言いました。「男はバカだよ。いつも女にちょろく騙《だま》されちゃうからね」と。

でも「なんてバカな男ばかりなの？」と周りを眺め、嘆くばかりではダメです。

その中から、少しでもマシな男性を選べる目を持たないと。そのためには、こんな点に気をつけて見極めたらいかがでしょう。

「お金の支払い方」「悪口の言い方」

そんな部分に、男としての品性が見えます。

また、あまりにコンプレックスを抱え過ぎている男性にも要注意です。

そして素敵な男性に出会うためには、自分自身をそれなりのクラスに置く努力も必要。自分が下流にいてしまっては、それなりの男性としか出会うことができませんから。

また不倫の相談を数多く受ける私ですが、二十代の女性ならとくに引き留めはしません。年上の素敵な男性においしい食べ物を教えてもらい、ふだんのぞけない世界を見せてもらう。会えない、メールできない切なさは、恋愛の醍醐味ともいえるでしょう。

でも不倫に溺れることなく、それを糧として魅力を増し、どこかの男性に使わないと。

そんなずるがしこい女のコ、私は大賛成です。

35

苦悩と涙こそ、恋愛における最大の甘味料である。

友人が妻子持ちとつき合った時、「君の人生をめちゃくちゃにしたい」と言われたそう。こういうセリフは、若い同世代の彼の口からは出てこない。妻子持ちの男とつき合うと、苦悩というやつが加わるのだ。現代の恋愛において唯一の障害物が不倫なのだ。

（『美女入門ＰＡＲＴ２』不倫中毒）

恋の教訓

「若いうちは不倫もいいと思う。でもおじさんだけに得させるのでは口惜しいから、ドラマティックな展開を楽しんで。だけど三十代になって回り道が許されない状況での不倫はいただけません」

36

「どういう女になりたいか」ということをまず自分に問うてみるところからデイトは始まるのです。

私は仕事柄ジャケットが多いので、たまにプラダやシャネルの少女っぽいニットで意表をつく。デニムを合わせたりすると、「ハヤシさんのジーンズ、初めて見た」と喜んでくれる人もいる（たまに）。このくらいの演出をしなくちゃ楽しくない。

（『美女の七光り』美人服のカラクリ）

「デイトの何日も前から、相手に合わせてその日なりたい自分を想像し、行く店や服を考え、演出するのが楽しいのです」

37

マイナスの過去をプラスに変える。思い出を上手に編集していけば、誰だってモテる女の過去を持つことが出来る。

恋人とのハイライトシーンだけを思い出そう。迫ってこられた時のこと。愛していると言われた時のこと、初めてそういうことをした時のこと。上手に編集すればモテる女の過去が持てる。

（『美女入門ＰＡＲＴ２』花には水、女にはお世辞）

「フラれたことは思い出しちゃだめ。でもこういうことを年がら年中考えるのではなく、思い出すのは、辛い時だけにね」

38

"魔"に支配されない人生なんて、こんなにつまらないものはない。

人生には「魔がさす」ことが、多々あるものだ。酔ったはずみで長年の男友だちとキスをして、それから……。後でしまったと思っても、それが若さであり、女である。じくじく後悔をするものの、それは甘やかで女のコを綺麗にしてくれる後悔。

（『美女入門』魔がささない人生なんて）

「若い時はお持ち帰りされたり、持ち帰ったりもいいのでは？　もちろん酔っても相手の身元は確かめてね。出会い系はダメよ」

39

聞き上手の女はモテる。

小林麻央さんに会った第一印象は、綺麗なのはもちろん、育ちのよさそうなお嬢さんということ。大きな目を見開き、話を一生懸命に聞く様子が、けなげでとてもかわゆい。女の私でもドキドキするのだから、男の人は心がとろけてしまうはず。

（『美女の七光り』聞き上手の女はモテる）

「相手の目を見つめて目をしっかりと見開き、話す時は口角を上げてしゃべるのが基本です」

恋の教訓

40

恋というもののメンタリティをいちばん楽しめる時期というのは、二回ぐらいキスをした後ではないだろうか。

まだ女のコの肉体を手に入れてない男のコは、今度はふたりっきりになりたいとか、どこへ行こうかなどと、髪を丁寧に撫でながらうんと優しくなる。これが肉体関係に突入すると、暗くどろどろしたものも同時に発生してくる。だからもっとキスだけの期間を楽しめばいいのに。

（『美女入門』キスの話）

「この頃がまだお互い精神的に不安定で『どう思っているの？』『メールの返事がこない』といちばんドキドキする時期ですね」

41

男と女、会って三回め以内に何も起こらなければ、ずうっと友だち。

モテる女ではなかったけど、独身後半となると、ムダ玉はうたないようになった。二回、三回とご飯を食べたり、お酒を飲んだりするぐらいだから、あちらも気があるはず。ちょっと酔っぱらって、送らせて……あとはトントン拍子になるはずであった。

（『美女に幸あり』男と女のセオリー）

「これ、あくまで私の持論です」

42

世の中、みんな無気力で、中性化してて、力の抜けた恋愛している中、奇跡を起こすのはセックスなのかもしれない。

ケイタイやパソコンが若者から性のエネルギーを奪い、セックスにそれほどの意味を持たない人が増えている気がして仕方ない。でも山の手のエリート夫人がその座を捨て、恋に落ちたホストと結婚した話など聞くと、セックスの持つ力なのでは？と思わざるを得ない。

（『美か、さもなくば死を』男と女の性の偏差値）

「草食系ブームと言われていますが、スタバでつまんなさそうにしてる男のコが、実はそういう場面ではステキってこともあるかもよ」

43

男の財布のことを心配するような女は、ずうっとモテないままだ。

男と食事をするたびに「悪いから割りカンにしてください」というのは、すぐに男にナメられる。うんと我儘《わがまま》で、うんと驕慢《きょうまん》でしかも嫌われない女になるのはむずかしい。一週間や十日で驕慢さは身につくものではないのである。

（『美女入門ＰＡＲＴ２』花には水、女にはお世辞）

「最初のデイトで百万円のワインを注文し、相手の男性が払ってくれたら第一関門突破、その後のおつき合いを考えるという女性がいます」

44

「体が目的では」と疑うより、「私の体は目的にされるぐらいスゴい」と自信を持つ。

男の人が自分を求めセックスしてくれるのはとても嬉しい。しかしこれが続くと「私はすぐ出来る、都合のいい女？」という傲慢《ごうまん》な不安が目ざめてくるから困ったもの。恋愛とセックスには悩みが尽きないのであります。とにかくポジティブに生きるしかない。（『美女入門PART2』私の体が目当てなのね）

「武器になるような、目的にされるほどのカラダだと自信を持つ。そんな時期、女のコはカラダをピカピカに磨く。それでまたグレードアップするんです」

45

愛だけは整理しちゃダメ。

東日本大震災以降「無駄遣いしない。いつ何があってもいいように身のまわりを整理する」と心が変化した。新しい服は買わず、クローゼットの服なども整理した。そして女性の心も「家庭を持ちたい。子どもを産みたい。だから誰か紹介して」と変化した。みんなが幸せについて真剣に考えてる。

（『美女と呼ばないで』断捨離対象外！）

「愛だけは断捨離しません。別れようかなって思うけど、ぐだぐだと続く。
それもまたいと楽し」

46

「結婚もしてくれないし、得になることもない」と不倫の真実がわかった時に、本当の不倫が始まるのではないだろうか。

若いコたちが憧れる、ドラマティックな恋がかなうのが不倫である。会えない辛さ、妻への嫉妬、将来への不安がせつなさをつくっていく。が、そのつき合いが長くなると、ドラマティックな要素は消え、淡々とした時間が増えていく。それを乗り越えて、関係を続けようとする不倫カップルは立派だ。

（『美か、さもなくば死を』不倫の真実）

47

「他人の不幸は蜜の味」と言うが、それよりも濃く、甘く、コンデンスミルクを混ぜ合わせたようなのが不倫ではなかろうか。

二十代のB子は妻子持ちの男性と熱愛中だが、彼は日曜日にケイタイの電源を切ってしまう。それが口惜しくて、長い恨みつらみの手紙を書くんだそう。でも人のダンナとそんなことしちゃいけない。若い独身の男のコから見つけなさい、何て私はもちろん言わない。

（『美女入門ＰＡＲＴ２』不倫中毒）

デブの女は
不倫しないというのが
私の論理だったが、
林マスミはどーなるの?

「私の周りの女のコは、ドロドロの不倫をしてても、子どもを産む限界に近い年齢になると、わりきってパッと結婚しますね」

48

卑下した過去から、明るい未来が生まれるはずがない。

フラれたといじいじ憶えているのは、自分で自分の季節を汚すことなんだ。フラれたなんてもう言わない。そう、記憶なんて自分でいいようにつくり変えりゃいいんだ。誰かに〝嘘つき〟と咎《とが》められるわけじゃない。

（『美女入門』失恋の記憶）

「恋人との別離は、フラれたと思わず、別れたと思うこと。先日、ずっとフラれたと思っていた男性から『僕の方が身を引いたんだよ』と言われ、あら、なんていい人、と（笑）」

49

いい男をひとり手にすることは、いい男のグループに入れる権利を手に入れることだ。

恋をする時、その人を好きかどうかというのは、もちろん大切なことだけど、それにどれだけのおマケがついてくるかも重要なこと。それはお金とか特権ということもあるだろうけれども、やっぱりいい男のグループがおマケで欲しいですね。

（『トーキョー偏差値』いい男がついてくる）

「有名人と結婚する女性って、必ず誰かが打ち上げの時に連れてきた人とかですもんね！」

50

別れた男はいったんは手放しても、
時々はチェックを入れる。
男の人はどう変わるかわからん。
そして選択の幅を拡げていくのが
賢い女のやり方である。

つい先日、年下の男のコとごはんを食べた。久しぶりに会ったのだが、いい男になっていてびっくりし、さっそく私のリストに加えた。（『美女入門PART3』一緒にお食事しませんか？）

「男はどう変わるかわからないからマメにチェックを入れたい。でも家族を持っている相手には、チェックを入れないのが大人のマナー」

51

デキやすい女、つまり噂話の主人公になりやすい女というのはもの静かな人が多い。

神秘的な女性は自分の私生活をあまり明かさないものだ。特に男性関係に関しては、ものすごく慎重である。「あの人とあの人とはデキているらしい」という噂に興奮したり、張り切って言いふらす女は、絶対に「デキているらしい」方の女の人になれないのである。

（『美女入門』〝ふ、ふ、ふ〟な女）

恋の教訓

「〝もの静か〟っていうのが、この場合は大切なんですね。他人が噂話をしていても口をはさまず、あくまでもの静かに」

52

男の人にモテる女の大きな要素は、「可愛いわがまま」というやつですね。

夜中に車で迎えに来いとか平気で言えて、しかも相手に喜ばれる女の人である。こういう女のコは、仔猫のように男の人の懐に入って、ニャゴニャゴ甘えるすべをよく知っている。どこまで甘えていいのか、どこまで許されるのかも本能的によおくわかっている。

（『美女入門PART3』割りカンな二人）

「神田うのちゃんとかを見ていれば、可愛いわがままの使い方がよくわかる。でも同じコト、はたして私がやって許してもらえるかしら?」

53

多少魅力がなくても、M男をいっぱい置いとく。私のことを憧れの目で見てくれている男を。

私は典型的なM女。男の人にモテなかったという長い間のトラウマが、私をこうさせたのである。でも私の女の持ち時間はもうわずかしかない。果敢に挑戦しようではないか。S女になってピンヒールを履く。財布を絶対に開かない女になる……。

（『美女入門』年増でも、あのハヅキに教えられ）

「服装から入るタイプなんで、十センチのピンヒールを履くことから始めなきゃ。その前に私のサイズをSにしなきゃ、ヒールが折れるわね……」

54

大切なポイントは、その口説くシーンへいくまで、どのくらい彼がお金を遣っているかということであろう。

食事をファーストフードでごまかされ、その後お手軽に……なんて絶対によくない。男が「可愛いコなのに、すぐにOKしてくれてラッキーだった」というヤツ。そういう話の登場人物にはなりたくない。

（『美女入門PART3』やれる女）

「お金だけでなく、もちろん、気も遣ってもらえる女にならなきゃいけないんですけどね」

55

女というのは、自分が別れて欲しい時は、あっさりとキレイに別れてくれなきゃ困ると思うものの、それだとやはり物足りない。

以前つき合っていた男につきまとわれるというのは本当に困る。「ナイフを持って、お前のところへ行く」と電話で脅かされたり、殴られ、難聴になったコもいる。でも一度ぐらい、雨の夜、ずぶ濡れの男が自分の部屋の前で待ってるシチュエーションを体験してみたい。

（『美女入門ＰＡＲＴ２』殴打の跡は、女の勲章）

「『別れましょう』と言った瞬間、『そうだね』と返されるほど淋しいものはない。少しぐらい……そうね、１ヶ月ぐらい困らせてほしい」

56

女は色白ぽっちゃりの方が、トシマになってからはモテる（はず！）。

お金持ちの奥さんに多いのだが、ゴボウマダムというのがある。年中ゴルフしていて、筋肉りゅうりゅう、真黒け、そして冬でもノースリーブ。自分がものすごく若く見えると思ってるらしいが、シミが日灼けで隠れてるだけだ。

（『美女の七光り』悩み多き季節）

「誤解なきよう申し上げますが、これは年増になってからの法則。が、昨今は若い人もぽっちゃり系が流行ですね。年取ってから痩せすぎは貧相です」

57

夏はモテないことが百倍悲しくなるように出来ている。

夏はどうして恋が多く発生するのか。夏にカレがいないと肩身が狭くなるから、必死で探す、というのが、いちばん大きいと思う。夏の行楽地に女の子のグループで行くと、かなりみじめ。南の島もディズニーランドも好きな彼と二人きりでなきゃ楽しくない。

（『トーキョー偏差値』やっぱり夏は恋！）

「夏とクリスマスはやっぱり特別な季節。この時期に女友だちと過ごすのは、ちょっと辛いです」

58

昔から花火の夜、夏祭りの時というのは、人間の「大発情期」である。

花火、夏祭りといえば浴衣。このシーズンになると、朝の電車の中で浴衣姿の子が恥ずかしそうにしているのを時々見ることがある。それも花火大会の次の日だ。きっと彼のところへ、そのままお泊まりしたんだろうと思うと微笑ましい。

（『美女と呼ばないで』恋のキセツなの〜）

「浴衣姿、さらに音と光の大洪水で、人間はそうなっちゃうんでしょうか（笑）」

59

メル友やちょっとちやほやされても、何がモテるんじゃ！押し倒されてこそ、初めて女はモテるって言うんじゃー。

「ハヤシさんは、生まれてくるのが十五年早かった」と言われた。つまり私の顔は、今なら〝ブス可愛い〟と、もてはやされたはずなのだ。あの頃、誰かが誉めてくれたら、ダイエットもちゃんとしたし、うんとおしゃれをしたはずだ。私の青春返して！

（『美か、さもなくば死を』美女皆伝!?）

「『最近、ハヤシさん、モテるでしょ?』って聞かれるんですが、食事の誘いはいっぱいありますが、それだけです……」

人生は
メリー
ゴーラウンド
なのよ…
だってさ

結婚の心得

Rules for Marriage

結婚は、ぜひ一度経験してみることをお薦めします。

パートナーができることで、家族というチームを作ることができるし、それと同時に苦労も経験できます。

今の世の中、離婚も特別なことではなく、むしろ一度して懲りている〝バツイチ〟の方が有利な場合もあります。

よく「出会いがなくて〜」と嘆く女性がいますが、そういう人に限って、どこかに誘っても「今日は家でご飯を食べることにしているの」うんぬんとぬかし、自ら出会いの場を捨てています。

たいしてモテない女性が「結婚なんてしたくない」と、自ら幸せを放棄していたりもします。

それとは逆に、あまりに美人で独身を貫かざるを得ない状況の女性もたまに見うけられます。男性と二人きりになるたび、たとえ仕事の話がしたくても、ねちねち口説かれるのは嫌だろうなあ、それはそれで気の毒だなとも思います。

それでも結婚は一度はした方がいい。

しないより、した方が絶対にいい。

60

結婚の成功は、出会いの多さによる。

昔、結婚したがるのはアホな女ということになっていたが、当時の私は今でいう〝婚活〟を一生懸命やっていた。そしてたどり着いたのが、この結論。あたり前過ぎるぐらいあたり前だけど、この出会いをいかに多くするかというのはとてもむずかしい。

（『美女の七光り』婚活のハシリ）

「家に閉じこもっていながら『いい人いませんか?』という女性がいる。男は空から降ってくるわけじゃない。それなのに『結婚相談所とかはちょっと』と、プライドが高いのも困りもの」

結婚の心得

61

結婚一回めは叩き台。

一回めは練習で、それによって、自分が本当にどういう男が好きか、どういう男となら暮らせるかがよくわかる。〝叩き台〟ゆえ、すぐに壊れるのは仕方ない。最近、バツイチだった友人たちに、第二次結婚ブームが到来。友だちのえらいところは、二回めの結婚の方が、ずっとキレイで幸せそうということだ。私はちょっぴり羨ましい。

（『トーキョー偏差値』ウエディング・フォーエバー！）

62

家族として自分が選んだ男は、自分自身である。

私が嫌いなのは、結婚した男、しかも自分の生んだ子どもの父親を悪く言うというその根性だ。お金がなくても、エリートでなくても、誠実でやさしい男を夫にしたら、それは自分自身が誠実でやさしい人間だということだ、と思いたい。

（『美女入門ＰＡＲＴ２』選んだ男は、自分の鏡）

63

肉じゃががビンボーくさいのではない。そういうもんで男を釣ろうとしている女がビンボーたらしいんだ。

男はお袋の味に弱い。中でも肉じゃがという「肉じゃが信仰」があった。私はこの肉じゃが何トカというやつが大嫌い。料理をつくろうと、つくれまいと、いい女はいい女。モテない魅力ない女は、やっぱり魅力ない女なのである。

（『美女入門ＰＡＲＴ２』くたばれ！肉じゃが女）

「これって最近の風潮でいったら、パスタとかかしら？」

64

オスの最たる肉食系は、美しいメスしか選ばない。女の個性なんて、まるで認めていない。

伝統と礼儀を重んじる歌舞伎の家から、当代きっての肉食系男が時々出現するから面白い。品のいいオスのにおいをさせ、笑っても、傲慢なことを口にしてもきまる。そして美しく、やさしく、可憐なメスを、大勢の中から選び出す。もちろん私は選ばれたことはない。

（『美女の七光り』強がりじゃないもん）

「野球選手やサッカー選手を見れば、この定義は一目瞭然ですよね」

65

愛を貫くと後悔が、
金と地位を選ぶと空しさが
セットでついてくる可能性は高い。

地方に住むタレントの優香似のお嬢さん。地元で公務員をしている彼がいるというが「あなたぐらい可愛くて頭がよかったら、もっと上の人をめざしたら？」と酔った私。とはいえ、鼻もちならないエリートの妻がいいのかと言われると……。

（『美女と呼ばないで』悩み多き結婚）

「最近は、愛を貫いて後悔する方がいいんじゃないかな？　と思っている私です」

66

エリートというだけで、その男を愛せて結婚出来るのも、一種の才能かもしれない。

まわりを見渡すと、鼻もちならない、すっごくイヤなエリートという男性が何人もいる。そしてほぼ同じ数だけの奥さんがいる。「よくあんな性格の悪い、ブ細工なのと暮らしていけるなー」と感心してしまうが、結構ちゃんとやってて子どもも生まれている。

(『美女と呼ばないで』悩み多き結婚)

「エリート官僚や政治家って、たまに本当にすごくイヤな人がいる。でも奥さんとはうまくやっている。あんなイヤな人と生活できる女性もいるということに驚きます」

67

結婚という選択は重い。女がそれまで生きてきた年月、知恵やありったけの美意識、その人の今までの金銭観や人生観が問われる作業である。

結婚という選択は、恋人としてちょっとつき合う、などというのとはレベルが違う。よく夫の悪口を言いまくる女性がいるが、それはそんな男を選んだ自分がいかに馬鹿か、天下に公表しているようなものだ。

（『美女入門ＰＡＲＴ２』選んだ男は、自分の鏡）

68

サイモンさんと作った〝できちゃった婚〟の法則

①〝できちゃった婚〟の場合、男の方が格が上だと女が悪く言われる。
②お笑い系の女は結局捨てられる。（©サイモン）

①の場合、男が年下だったり、売れない芸能人だと、「愛情が優先ね」と、できちゃった婚はわりと好意的。が、反対に男の方が売れていると、女たちは許さない。避妊のしくみをわかっている女側がだましてそうさせたのだろうと。まあ結局は羨ましいわけだ。

（『美女は何でも知っている』できちゃった婚の法則）

69

男の人が積極的ならば、三十代の恋は早くまとまるものだ。

取材で知り合った、三十六歳の素敵なドクターが、「彼女と別れたばかりなんで、誰か紹介してください」というので心の中であれこれみつくろった。速攻でスケジュールを送ってきて、日程が合わなくとも彼は諦めない。いい感じである。

（『美女と呼ばないで』赤い糸、結びます！）

「男の人と違い、三十代女性には時間がないから、あまりお待たせできない。だから男性さえ積極的なら、けっこうまとまるもんです」

70

「先シーズンのものは着ない」という人は、奥さんもさっさと替えられると、結婚二十年の私は思うのである。

夫婦揃ってファッションが大好きな友人。お金持ちゆえ、昨年の服は着ないと、ワンシーズンごとすべてリサイクルショップへ。そんなふたりが五年で離婚。ダンナさんに新しい彼女が出来たのである。私は古いものをいつくしむ気持ちを忘れたくない。（『美女と呼ばないで』せつない真実）

「こういったご夫婦、アパレル関係、そしてＩＴ関係にいっぱいいる気がします」

おしゃれは生きがい

I Love Mode!

おしゃれは楽しい。

私は、買物をするだけで、具合が悪かったのが治ってしまうことさえあります。でも私ぐらいの年齢になると、好きというだけで、お洋服を選べないのも悩みです。

顔にツヤがなくなってしまうから、クオリティのいいインナーを身につけ、生地のテリ感を反射させるテクニックまで使わなきゃいけません。そんな時、やはりファストファッションのリーズナブルなインナーでは、顔色が沈んでしまいます。

そして自分自身にも言い聞かせているのは、年齢に見合ったブランドを身につけるということ。

やはり旬のブランドのお洋服は素敵だし、身につけると気持ちが、気分が変わります。

そして長年の課題。なぜかおしゃれな人って真冬でもノースリーブだから、私も真似したいのだけど、これには美しい腋の下と、すっきりした二の腕が欠かせません。

私もそれを目標に、いつまでもファッションが楽しめるよう、まだまだキレイを目指していきます。

71

女のボディは歴史である。

三千円以上の服を買わないと話す女優さんがいた。久しぶりに彼女をグラビアで見たら、着ている服も、着ている彼女もカッコよくなかった。最初からおしゃれな人なんていない。失敗しながら気を遣い、頭も使い、お金も使って、服を自分のものにしていく気概が必要なのだ。

（『美女入門』ボディは語る）

「某出版社の受付嬢が『ハヤシさんはいつもキレイな格好でいらっしゃるから嬉しいです』と。そう言っていただけるなんて、もがきながら生きてきた甲斐《かい》がありました！」

72

おしゃれになるというのは「我慢出来ないもの」「こうでなきゃイヤ」というものが増えるということだ。

していくつもりだった腕時計がどうしても見つからない。カジュアルないつもしているのを手首に巻く。が、今日のお洋服にこの時計は合わない。こういう時「私の名声はどうなる！」とつぶやき、妥協せず、似合う時計を探そうと玄関からひき返す。

（『美女入門』私の名声）

「おしゃれな人は、たとえジャージでもピン打ちして丈を直し、ボタンの位置までも動かそうとします」

73

バスローブの数だけ女のドラマがある。それも高級なドラマだ。

お風呂上がりにバスローブを着ると「さ、カラダのお手入れ開始」という気分になる。しかもキレイな人が濡れた髪のままバスローブでいるのは実に色っぽい。パジャマは必需品だけど、バスローブは贅沢品。が、その差がカラダの差をつくる。

（『美女の七光り』バスローブは女のドラマ）

「最近、バスローブを着る心の余裕がなくなってますが。それを着てボディのお手入れをするという気持ちが大事なのに」

74

不精者におしゃれなし。

あまりにもたくさんの服を買い、何を買ったか記憶がない。とにかくクローゼットはきちきち。入り口で手が伸ばせる服だけ着ている。だから私はいつも同じ服を着ていることになる。不精者におしゃれなし、とつくづく思う私である。

（『美女は何でも知っている』不精者におしゃれなし）

75

おしゃれって結局はディテールのアイテムだ。おしゃれとかファッショナブル、といわれる女性は、小物に凝りに凝っている。

流行の服を買い、それなりにコーディネイトしているがキメテがない。おしゃれな人は、バングルやリングもつけて、ベルト、靴、スカーフの端々まで神経がいきとどいているのだ。私もアクセサリーはよく買う。が、つけたい時に見つからない……。

（『美女の七光り』おしゃれの絶対条件）

「有名小学校や幼稚園に子どもを送りにくるママさん。朝、いったい何しているんだ？　っていうぐらい、きちんとお化粧して、アクセサリーもいろんなパーツにちゃんとつけてますよね」

76

買物こそ私の元気の素、買物こそ私のドリンク剤。

ホンコンで買った
プラダの靴とバッグ
すごくかわいい!!

プラダの可愛いジャケットを見つけた。カードで払い、紙袋を持って店を出た。すると、どうしたことか、さっきまでぐったりして吐き気があったはずが、それも、頭痛もすっかり消えている。これ以上買ってはいけないと理性が叫んでも、体って正直。

（『美女入門』私って、何なのさ。）

「私の場合、買えば気が済むタイプなんです」

77

ブランド品というのは男に似ている。

かわいいバッグを夫に見せた。「ね、ね、これプラダの新作で七万円もしたのよ」「けっ、竹下通りで売ってる三千円のバッグとどこが違うっていうんだ」。ブランド品は人にけなされると魔力が半減。ハンサムでエリートの男性も同じ。女友だちにけなされるとすっごく気持ちがさめていく。

（『美女入門』私って、何なのさ。）

78

バーキンは女の貨幣である。

バブルの頃、バーキンは品物が少ないのでひっぱりだこ。パリの本店で、なじみの店員さんからこっそり出してもらうのが女たちのステータスだった。バーキンを数多く持っていればいるほど、豊かな気持ちになれたのである。エンジン01が大震災のためのチャリティを行った時も、私が出品したバーキンが四番目に買われていった。バブルを過ぎても力を持つ。やはり女の貨幣である！

（『美女と呼ばないで』バーキンは人類を救う）

79

靴や洋服をあなどってはいけない。発するパワーを御せるかどうか、自分自身にかかっている。

テレビやグラビアを眺めていて、ご本人が流行の服を着こなせず、スタイリストさんが上から下まで用意したと、あきらかにわかる時がある。流行の服や小物が持つパワーはすごい。やはりコツコツと、自分で考え、自分で組み合わせるしかないと思う。

（『美女入門』マリコ式ファッション再生術《リサイクル》）

80

エロと下品さは紙一重。

たまに上品なエロを見せてくれる人もいるが、これは超上級テク。まず装う人がそう若くないこと、着るものがものすごく贅沢であること、という条件がつく。さらにフォーマルは上半身の露出が多い分、下半身の面積が多い、つまり胸がうんとあいて裾が長くなっている。

（『美か、さもなくば死を』エロの掟）

81

美女は秋でも冬でもノースリーブ。

ある女優さんとご一緒した。美女がレストランに入ると、男たちはいっせいに立ち上がるのだと知った。そして彼女がコートを脱ぐと、おお、黒いノースリーブワンピース。上品なパール、アップの髪、「ティファニーで朝食を」のオードリー・ヘップバーンのよう。

（『地獄の沙汰も美女次第』さみしいケイタイ）

「まるで決まりがあるように、美女は冬でもノースリーブですよね？　そして、『セレブ度は肌の露出と比例する』も真実」

82

ナイティとは、どういう人生をおくりたいか、どういう恋人が欲しいか、という隠された願望を表現しているのではあるまいか。

キャリアウーマン風のスーツに身をつつみ、髪もきりっとしたショートカットの女性が、ナイティはロマンティックでラブリーなものが好きだったりする。ボーイッシュでさっぱりしたタイプの女性が、セクシーな寝巻を着て寝るという事実もある。

（『美女入門』寝巻と女の人生）

「私はロマンティックでラブリーなキッドブルーのナイティが好き」

83

私はお姫さまなのよ。私はカッコいいのよ。みんなが私を見ているのよ。すっごく決まっているのよ。この自己陶酔がなければ、イブニングは着こなせない。

エメラルドグリーンの素晴らしいイブニングをつくったのは、ヨーロッパ社交界にデビューした十年以上前のこと。キレイとか似合うなんて誰も言ってくれないけれども、迫力はあるという意見は多い。そうよ、私は頑張る。胸をそらし、背筋を伸ばしながらドレスの裾を引きずって歩く。

（『美女入門PART2』イブニングは女を磨く）

84

おしゃれとは、整理整とんと見つけたり。

あぁ、神さま、私にチョロランマ（動かないたこ足ハンガーが行く手を阻むウォークインクローゼット）を探検する時間と体力をください。合わせようと思う服もアクセサリーも必ず見つからない。先日買ったばかりのサングラスも行方不明……。

（『美女の七光り』おしゃれの絶対条件）

「反省しています。本当に反省しています。着たいものが見つかったためしがないんです……」

85

お買物は、一回ごとに女を甦らせてくれる。反省をし、そして再生に向けて歩き出すパワーもたっぷりもらうことが出来る。

デブの体にカツを入れるひとつの方法は、やはりお買物であろう。美しいもので溢れた店内で気分をあげ、試着室で鏡を直視し「もう、一生、このワンピースなんか着られないかも。どうするのよ！」と。そして買った服を家で眺め、頑張ろうと前を向ける。

（『美女と呼ばないで』お買物のチカラ）

「しかし私のダメなところは買ったものを憶えていないこと。そして似たものを買う。四日前に買ったまま、まだ袋を開けていないなんてしょっちゅう」

86

高いヒールの靴は、健康には悪いかもしれないが美容にはいい。

震災以降、キリのようなヒールをめっきり見かけなくなった。あれを履くとヒップがキュッと上がり、姿勢もよくなる。それにヒールを履いた私の足というのは、我ながらびっくりするぐらい形いいではないの。

（『美女と呼ばないで』夏とヒールと節電と）

「幅広、甲高な足ですが、シンデレラのお姉さんのように押し込んでもヒールを履くわ。先日お会いした岸惠子さんも、しゃきっとピンヒールを履かれてました」

87

いい下着は、他の誰でもない、自分のためにあるのである。

フィレンツェで買った、レースのすばらしいスリップ……。引き出しの中で眠り、もう陽の目を見ることはないと悲しくなったが、それはものすごい間違い。いい下着は男のためにあると思うのは、恋の初心者。

（『トーキョー偏差値』いつでも来い！）

「そんな私が寒いとついついババシャツを……。すごく反省しています。交通事故に遭う以外、人に下着を見せることないもん、なんて言っちゃダメよね！」

88

お肉のつき方とおしゃれをする心というのは、見事に反比例する。

デブになってくると、すさまじい早さで、しゃれっ気がなくなる。何を着ても似合わないからやる気が出ない。頭の中でコーディネイトを考え、いざ着用すると、パンツのファスナーが上がらず、ニットがピチピチで、あえなく計画は中止となるのだ。

（『美女は何でも知っている』シャネルに遠吠え!?）

「そして痩せた時の買物ほど楽しいものはありません。でも体重増減を交互に繰り返しちゃダメですよね……反省」

89

だらしない女が おしゃれになれたためしはない。

新しい服をじゃんじゃん買うのも大切であるが、一方で古いものをいつくしむ気持ちも忘れたくない。アウトレットショップで、ラルフ・ローレンのBFデニムを買ったが裾上げしてもらう時間がなく、「まるめりゃ見えるわけなし」とジョキジョキはさみで切ってしまった。何が服をいつくしむだ。私の真実。（『美女と呼ばないで』せつない真実）

「あれとあれを組み合わせよう、なんてせっかくコーディネイトを考えても、必ずどれか見つからないものがあるんです」

キュッ

ダイエットはライフワーク

No Diet,
No Life.

意志が弱い私に、ダイエットの終わりはありません。

最近は糖質オフダイエットが流行《はや》っているようですが、カラダにいいのかしら？　と、私はちょっと疑問です。

ありとあらゆるダイエットを試してきた私が思うのは、やはり野菜をたっぷり食べ、栄養価の高い玄米を食べるダイエットが一番いいんじゃないかしら？　ということ。

好きな洋服を買えるようになりたい、洋服をキレイに着こなしたいと、断食道場にも数回通った私です。

断食道場で落ちた体重が、リバウンドするしないは別として、あそこに行った後は、内臓がとてもスッキリして、カラダがリセットされた気がします。そういう意味では、これからもたまに実践したいダイエット法のひとつです。

とはいえ、毎日毎日会食が続くという、食生活をコントロールするのがむずかしいライフスタイル。

お寿司と日本酒は私にとって天敵なのです……。

90

ダイエットを一週間怠けると自分にわかる。二週間怠けると写真にわかる。三週間怠けると誰にでもわかる。

ダイエットの怠けが、はっきりと写真に表れた。昨年以来結構うまくいっていたダイエットが、会食と旅行が続き、挫折のきざしにある。写真はどれもむっちり膨れて写っていて、非常に不愉快である。「やっぱりよそう、年増の起きたてスナップは」。標語です。

（『美女入門』写真は知っている）

この写真を見せたら、「メイクがこの世に存在していてよかったネ…」とテツオはいった。

ダイエットはライフワーク

91

夜を制するものは体重を制す。

夜をとにかく我慢する。夫のためにトンカツを揚げても、私は手を出さない。夫はビールやワインの栓をすぐ開けるが、私はちょっと口をつけるだけだ。その代わり、ミネラルウォーターを食事の間中、ガブガブ飲み、野菜と水でお腹をいっぱいにする。

（『美女入門』夜を制するものは、体重を制す）

「私の場合、最大の問題は連日続く会食なんですよね……」

92

私のダイエットは「オール・オア・ナッシング」。

私のエッセイの長年の読者なら、きっと知っているはず。ダイエットを一心不乱に毎日やり、そして力尽きてパタッとやめ、後は食べ放題、リバウンドし放題という私の状態。でもせめてノースリーブのワンピースが着たいんです。

（『美は惜しみなく奪う』アンバランス！）

「私には〝中間〟というものがないんです」

93

ダイエットとは前向きに生きること。

肥満の血を引き継いでいたいた親戚のA子がダイエットに成功し、別人のようにすっきり。肉がはみ出した私のジーンズ姿を見て「私のと交換しようよ」と。私はデブに戻ってから、服を買う気も、おしゃれする気も薄れ、お化粧もなおざり。本当に心を入れ替えねば。

（『美女に幸あり』オーラがある女）

「リバウンドすると、特に落ち込みますね。そうなると髪なんかも構わず、ひどいもんでした」

94

あったかくて包容力のある女は、ぽっちゃり型だなんていうのは、遠い日の伝説である。

今のおふくろさんタイプは自分もスポーツをバリバリやり、スレンダーな体型を維持出来る意志力、つまり男っぽさが必要条件ではなかろうか。行きつくとこまでいった母性社会においては、母親の役割プラス父性の要素も大切なのだ。

（『美女入門ＰＡＲＴ３』余計な推測）

「これは、若い世代の方々の話です。いい例がキムタクを手に入れた工藤静香さんです」

95

断食道場へ行ったら、自分のぜい肉をお金に換算するようになった。

断食道場で痩せた五キロ。道場に十数万円払い、その間近くのホテルに娘とシッターさんがいたから、費用はゆうに五十万円は超えた勘定。チャンピオンの松阪牛肉でも、一キロ十万円はしない。それなのに少し食べたら十五万円が消えた……。

（『美女は何でも知っている』美の換算法）

「でも体から毒素が流れるようで、すっきりするのは事実。なので、その後も二回ぐらい行きました」

96

ボディというのは、ちゃんとこちらがしたことに対して応えてくれる。

いいかげんにボディローションを塗っていたら、カカトががさついてきた。反省し、ボディ用クリームをていねいに塗り、オリーブオイルをたらし時間をかけてマッサージ。すると見よ。わずか三日で元に戻ったではないか。なんと愛《う》いやつであろう。

（『美女に幸あり』ボディは応えてくれる）

「応えてくれると知ってからは、毎日ボディケアは欠かしません！」

97

私らデブに「最後」はない。

Wエッチ、貧困《HINKON》と肥満《HIMAN》で二ヶ月ほどおしゃれから遠ざかっているうち、洋服のサイズが、ワンサイズ上がっていたのである……。涙ぐみながら深夜放送で見かけたエクササイズのDVD。こうしてダイエットは永遠に続くのだ。

（『美は惜しみなく奪う』Wエッチからの脱却）

「じゃあ、最後は何なんだ、いつかは痩せるのか？　って感じですが、つねにダイエットを心がけていないとダメだということです」

98

次第にわかってきた。世の中にはモテるデブと、モテないデブがいるということを。

モテるデブの方々には、幸せに充ちた雰囲気があり、肉のつき方がなんかエロティック。私のようにお腹に肉がどっしりではなく、胸に肉がきてる。そして全体のラインがデブなりにまとまっている。男の人が言う「おいしそうなボディ」なのだ。

（『美は惜しみなく奪う』おデブのオーラ）

「おデブと言って申し訳ないけど、柳原可奈子ちゃんや森公美子さんが、まさにこのタイプ」

99

デブはエロスから遠ざかる。

エロスから遠ざけているのは年齢ではない。私ぐらいのトシでも恋人を持っている人はいっぱいいる。そう、ぜい肉が、自信というものを失わせ、女を卑屈にし、恋の楽しい冒険から遠ざけているのだ。痩せれば二人きりの楽しいバスタイムも待っている。

（『美女の七光り』甦るエロス）

私は、男の人たちと
混浴風呂に
入ったことは人生
一度しかない。
ピップエレキバンを貼っ
たのは、人生で二回。
が、その二回と一回が
ある日重なった！

100

ダイエットがうまくいき、洋服を買う。この二つぐらい女を元気にするものがあろうか。

しばらく自粛していたお買物に出かけた。気づくと春のお洋服を何枚か買っていた私。お金なんかどうにでもなる。カードの引き落としまでに稼げばいいんでしょう、とすっかり元気になりました。

（『美女と呼ばないで』女を元気にするものは）

「試着室で、ちょっと無理かな？ と思った服がするりと入った時の嬉しさといったら！ 経験した人でなきゃわかりません」

101

ビンボーと肥満はセットでやってくる。

髪はバサバサ、太っていて化粧っ気なしというおばさん。私とは関係ないと思っていたが、貧困と肥満を抱え、まさにあちら側に足を踏み入れそう。ビンボー、洋服が買えない。ということは試着室で自分の体型をチェック出来ないということなのだ。

（『美は惜しみなく奪う』痩せるお言葉）

「私はそう思うんです。アメリカ社会を見ていても、同じように感じます」

102

ヘルスメーターは生きている。

毎日測っている私のヘルスメーターだと、こちらに愛情を持ってくれている。しかしホテルに行って、備えつけのにのると、必ずといっていいぐらい一キロ近く増えている。でも私のも、のらなくなると怒りを込めて目盛りを増やすことがある。

（『美女と呼ばないで』わがカラダの友）

「わが家のヘルスメーターは、二、三日のらないと怒って目盛りを増やすんです。辛くても怖くても毎日ちゃんとのると、それに応えて減らしてくれます」

103

人生とダイエットは、いつでもリセットが出来るものなのよッ。

断食道場で五キロ痩せた。その体で名門のご子息とデイトした。（君島）十和子さんにも「すごく痩せられましたね」と誉められた。よーし、頑張ろう、と握りこぶしを震わせる私。十和子さんからいただいたパックをし、体重はなんとかキープしよう。ご子息とのデイトのワインで〇・七キロ増えたけど、気にしないで頑張ろう。

（『美女は何でも知っている』美の換算法）

譲れないポリシー

Mariko's Motto

私の中の一番譲れないポリシーは、努力する人は勝つということ。

逆に努力をしない人を、私は好きになれません。

世界中には、自分の持つ力を使い切らずに人生を終わってしまう人が、いっぱいいる気がします。女が本来持っている力を人生で使い切るには、知恵と努力が必要なんです。

講演や取材で日本中を旅していると、

「ああ、この人もったいない……」

と思うような人に、地方で出会うことが多々あります。キレイなのに結婚もせず、都会にも出ず、本当にもったいない、と。

きっと彼女にだって、こんな仕事をしたい！　こんな男性と結婚したい！　という夢があったはず。だけど優しい幼なじみに「好きだ」と言われ、私にはこんな幸せが身の程にあっているのかも……と、いつしか夢を忘れてしまったのでしょう。

もっと野心を持たなきゃ。

女のコは前を見ていれば、必ず努力が報われます。諦めず、つねに理想の自分に近づけるよう努力しましょうよ。

そう、私はまずはダイエットね。

104

野心とエレガンスなどというものは、残念ながら、そう簡単には両立しない。

喫茶店にいたら、男女の二人連れが入ってきて、中年の女性は若い男の会社のボスだとわかった。彼女は知的で低い明瞭な女社長特有の声で、クールに穏やかに説教を始める。こんな風に理詰めでこられちゃ、男はたまらないだろうなあ。

（『美女は何でも知っている』野心とエレガンス）

「女性は野心を持ってある程度のところまで行ったら、そこからエレガントを目指すべきでは？　と思うのですが」

105

人間、努力しなければ何も手に入らない、
というのが私の人生のモットーである。
何も持っていない人間に限って、
「私はあんなことまでしたくないもん」
とプライドのせいにする。
二十代のプライドなんてどれほどのもんじゃ、
と私は言いたいのである。

真剣に結婚がしたいと考えていた頃は、やさしいおばさんには「誰か紹介してくださいね」と声をかけてお願いし、「うちの義理の弟が独身で困ってるの」という知り合いには、すぐさま写真を送った。今思うとかなりみっともないこともしたかもしれないが、最近じゃこれは「婚活」と名づけられ、年頃の女のコがするべき義務とされている。

（『美女の七光り』婚活のハシリ）

「自分から何もしない人に限って『私はガツガツしたくないから』という綺麗事を言うもんです」

106

万国共通、超イケメンは使えない。

スイスのジュネーブに行ったところ、なんとイケメンの産出国だった。そして極めつきは空港のカウンターにいた、トム・クルーズばりのイケメン。しかし彼は有能ではなかった。荷物の扱いを間違え、デタックスの場所を間違え、すべてが使えなかった……。

（『美女と呼ばないで』イケメンの鉄則）

「顔がよすぎると、小さい頃から頭が悪くてももてはやされてしまうんです。たまにいる〝使えるイケメン〟は、顔のことを言われると嫌がるもんです」

107

私はもののハズミという言葉が大好き。どうせ短い人生、計算外のことが起こったり、思いもよらない事件に遭うのはとても楽しいことじゃないか。

A氏は元官僚の超エリートだが、デイトしても手も握ってこない。私は当時、友人にグチったものだ。「あの人ってお酒を一滴も飲まないのよ。お酒飲まないもんだから、もののハズミっていうもんがないのよね」

（『美か、さもなくば死を』もののハズミに乾杯）

「私ももののハズミで、今こうなっています。ちょっと自分がハズカシイ」

108

幸福というのも癖であるが、不幸というのも癖である。

聖子と明菜。今はすっかり差がついてしまった感じ。聖子は幸福癖があったと思う。手にするものを手にし、さらに何かをつかもうとしている。一方で明菜はいっそう不幸そう。不幸癖がつくと、なかなか立ち直れないようだ。

（『美女は何でも知っている』幸福癖と不幸癖）

「どうせ私なんかと思うことが、不幸癖への第一歩。おもしろそうなことがあったら、何も考えずにそっちにいっちゃえばいいんです」

109

**人間、誉めてくれる人がいなけりゃ
いじけてしまう。だけど叩く人がいなければ、
ファイトもわかないし、勝ち気にもなれない。
このバランスって、とっても大切。**

直木賞受賞から十五年経ち、私は選考委員に選ばれた。もしデビューして、誉められたりチヤホヤされっぱなしだったら、私はこんな風にはなっていないだろう。よく私は若い人に言うのだけれど、勝った記憶があるから、勝った快感を知っているから人間は勝ち気になるんだ。

（『美女入門PART3』勝ち気なH）

「誉められるばかりの人って、どういう人生を送るんでしょうね」

110

「人間の縁」というのは、はかないようで、ぶっとい、どこがどうころんで、運命を変えるかわからない。

私自身も「婚活」なんて言葉が流行る前から、頑張ってきた。最近、アンアンの美女入門記念ツアーでご一緒したA子ちゃんにばったり会ったら、マガジンハウスの男性を紹介された。彼女は私あてに書いた一通のファンレターから人生の伴侶を得たのだ。

（『美女の七光り』マリコさまさま）

「昔、一瞬会った人から数年後に幸せをもらうことになったり、運命って絡み合っているのです。人生もバカにしたもんじゃありません」

111

悲観するたびに女はフケる。

震災後、友人はひきこもり、泣きながらテレビを見続けたところ、髪はバサバサ、顔は太ってむくみ、軽い〝うつ〟状態になってしまった。私はダイエットとお腹のもみ出しは続ける。どんな時でも女の日常を頑張りましょう。みんな約束よ。

（『美女と呼ばないで』こんなときこそ）

「辛いことがあっても、前向きに生きないと、女は美しくなれません」

112

女は自分のカラダに、他人とお金がどのくらいかかわってくるかで決まる。

ネイルサロンでマニキュアとペディキュアをしてもらった。時間をかけてお手入れをしてもらうと、心と体がぴしっとなっていく。髪にしても肌にしても、他人さまの手が触れると（性的な意味ではなく）、女性ホルモンが高まってくるらしい。

（『美女は何でも知っている』大人が勝ち！）

「愛人や一流の水商売の女性って本当にキレイ。まさにお金と他人がかかわっていますね」

113

私は美女のお友だちしかつくらない。

美しい人たちの輪に入れてもらい、切磋琢磨しながらさらに美しさを手に入れる。これが女の正しい道でありましょう。君島十和子さんからは、新しい美容法にお化粧法、なによりも「いつもきちんと綺麗にしていること」という心を教えられた。

（『美か、さもなくば死を』これが女の正しい道）

「なんとかして美女の仲間の宴に割り込むのよ。すごい美女に囲まれると幸せな気分になるし、いろいろ学べます」

114

私は毎朝、マッサージしながら、鏡の中の自分に語りかける。「もう少し頑張ろうね。自力でいこうね。だからもうこれ以上弛まないでね」

女というのは、うんと整形している女の人のことを男が気づいてくれないと、口惜しいものである。どうしてそんなに単純にだまされるんだろうか。私はまだまだ自力で頑張っています。

（『美か、さもなくば死を』自力でいこう）

「今は亡き田中宥久子《ゆくこ》先生から学んだマッサージ法を実践しています」

115

自力でマンションを買った女って、必ずベッドはセミダブル。そして枕を二つ並べてる。あれって相当イヤらしい。

外国映画の影響か、それとも居直りか。自分の城、という意識がシングルではなく、セミダブルを選ばせているような気がして仕方ない。そんだけの女に男がいてあたり前じゃん、というメッセージを感じる。買う女は強い！

（『美女の七光り』１ＬＤＫの女）

「そこまで深読みもせず、単に広くて気持ちがいいからセミダブル。セミダブルだから枕も二つ並べている、と最近やさしく考え直しています」

116

旅は女の総合力が試される。

旅は女のすべてを試される場。持っていく服やアクセサリー、靴。さらにレストランでの立ち振る舞いや部屋の使い方、チップを含めたホテルスタッフとのつき合い方で〝女の価値〟も試される。滞在するたび、ワンランク上の女にステップアップ出来る。

（『桃栗三年美女三十年』）

「これはもちろん高級ホテルでの滞在に限ります。私も若い頃は恥をかきながら、いっぱい勉強してきました」

117

「したいからしただけよ。そういうことをするのがハヤシマリコなのよ」

いいなと思って、たまにデイトしていた男性が、サイテーのギョーカイ女とつき合っているという。この事実を知り「あんな女とつき合ってサイテー。あなたという人を見損ないました」とメールした。秘書にもオトナ気ないと呆れられたが、これが私です。

（『美女は何でも知っている』花柳界の鉄則）

「何でいつもそういうバカなことするの？　と友だちから言われますが、ここまでくるには、それなりの経験と時間を要したのです」

譲れないポリシー

おまけ シニカル・トリオのお言葉集

「冬眠中のクマみたいだな」

とため息をつく。
うちにいる時、いつもモンゴルで買った
白いもこもこしたセーターを着ているからだ。
（『美女入門 PART2』地元民の強み！）

「キミィ、
商売上の顔に戻さないと
まずいんじゃないのォ」

妻の外見に無関心、というよりも、
見て見ないふりをしているうちの夫でさえ、
山梨から帰ってきたばかりの
私の顔を見てひと言。
（『トーキョー偏差値』超美女と並ぶ）

Mr.トーゴー
夫。ダンディな佇まいなのに、辛口。

トーゴー語録

「こういう努力を全くしない
デブって、結構いるんだよなァ。
君の場合は、一応努力してるデブだから、かなり違うよ」

ワイドショーに事件がらみですごいデブのおばさんが出てきた。
髪もバサバサでしゃれっけがない。誉め言葉のつもりらしい。
（『美は惜しみなく奪う』股ズレ注意報！）

「デカいブーツだな。
コサックの人でも遊びに来たのか」

銀座の某靴店のＬサイズコーナーで、
ふくらはぎの肉を押さえながら必死にファスナーを引き上げ、
ようやく履けた 25.5 センチのブーツ。それを夫が玄関で見て。
（『美女に幸あり』Ｌサイズのプライド）

「ハヤシさんが太ったんでしょう。
太ると靴もきつくなりますからね」

今年買った靴も、昨日の靴も、履こうとしても入らない。
「いったいどういうことなのッ、どうしてこんなにきついのよ」
という私に対して、ひと言。（『美は惜しみなく奪う』大足族の悲哀）

ひとつのHから
ハヤシさん！

「ハヤシさん、
すっごく太って見える。
まるで巨大な
黒い鯉みたい」

シャネルの黒いオーガンジー、
マーメイドラインのドレスを着た私を見て。
（『美は惜しみなく奪う』イケメンウィーク）

ハタケヤマ
秘書。美人＆超有能ながら、ときどき毒舌。

ハ タ ケ ヤ マ 語 録

「ハヤシさん、いつもみたいに
すぐお財布開かないように。
仕事関係のおごってもらえそうなところは
おごってもらってください」

秋口になってヒェーッと叫びたくなるような
予定納税と住民税がどかーんときた。
ハタケヤマはせこいことを言う。
（『美か、さもなくば死を』払ってオーラ発生）

「ニューヨークにいる、
ショッピングバッグ・レディーみたい」

数年前のこと。私はラップコートを買った。
前をだらっとさせるのが気に入った。
それをうちの秘書は……。
それどころかゴミの収集日に
黒いビニール袋（当時）を持たせ、
「ぴったり」と笑い転げたのである。
（『美女入門 PART2』大きなお世話）

本当に着てたんですか？
ハヤシさんこんなに細いもん

「いったい、どうするつもりなんだよ。
〝ねえ、ねえ、ハヤシマリコって
中国ハリで十五キロ痩せたんだって〟とか言ってたぞ。
外に出る時はサングラスしてた方がいいぞ」

中国ハリで痩せたことが女性週刊誌の記事に。
テツオがランチをとっていたら、隣りの若いコたちがそう噂していたという。
リバウンドした私に「世間に顔向け出来ないぞー」と電話してきた。
(『美か、さもなくば死を』噂のハヤシマリコ)

「あのねぇー、
ブスと老けは伝染するから気をつけなきゃ」

前は可愛いと言っていたA子ちゃんに再会したテツオがひと言。
可哀想に、シロウトの女のコにこんなことを言うなんて。
説教を始めたが、乙女心をどんなに傷つけているか気づかないようである。
(『美女入門 PART2』ブスと老けは、伝染《うつ》るんです)

語録

テツオさんの
顔って、セクシー
ねー…
だってさー

テツオ

編集者。シニカル度で右に出るものなし。

「そもそもあんたってマゾだから、
怒ってくれる人がいないと
駄目なんだよね」

そうかもしれない。
〆切りと編集者がいるから、
書くという仕事も
続けているような気もするし、
口うるさい夫がいるから、
なんとか普通の日常生活も
おくれるのかも。
(『美女入門 PART3』ジッパー全開!)

「田舎ヴィールスに
やられないようにね」

そう、いつも田舎へ帰ると食っちゃ寝、
食っちゃ寝の生活をおくり、
化粧もほとんどしないもんだから
顔つきも変わってくる。
ひどい時なんか二重瞼がひと重になり、
ずっとそのままだった時もある。
そんな私にテツオからこう
ファクシミリが入った。(『美女入門 PART3』遅すぎたダイエット)

「すげえ体型……。古いパンツも最新のやつに変えるんだから」

タックが入っている三年前の古いパンツをはいている私を見て、
テツオが「おっ、ノータックのパンツが決まってるじゃん」と……。
どうも左右にひっ張られてそれが消えていたらしい。
（『美女入門』マリコ式ファッション再生術《リサイクル》）

「単位がまるで違うんだよな。こりゃ、キロとグラムの違いぐらいだよ」

キョンキョンと並んでアンアンの表紙に。
二人並んで撮影をしたポラを見た
カメラマン、テツオ、他の編集者たちは
一様に沈黙する。「どれ、どれ、見せて」
明るく覗き込んだ私も、言葉を失った。
顔の大きさがまるで違う。
（『美女入門 PART3』デカ顔自慢）

テ　ツ　オ

「あんたはね、一応努力はするんだけど、いつも三合めで終わってしまうんだよね。一生に一度ぐらい頂上までいってみろ」

正しい指摘である。私は日頃の生活態度、
そして精神の持ちようを大いに反省した。
しかし最後に「私って友だちがいけないんじゃないだろうか」と、
責任を他人になすりつけるのは私の常である。
（『美女入門』ブルーの皿の想い出）

「やめときなよ。あのさ、フケちゃって顔にダメージがある人は、ダメージデニムはかない方がいいと思うよ」

流行のダメージデニムをはこうと言ったところ、
傍にいたテツオがニヤニヤしながら言った。
年をくっても本当に憎たらしいことを言う。（『美女の七光り』繁盛する女）

本書は、美女入門シリーズ『美女入門』『美女入門ＰＡＲＴ２』『美女入門ＰＡＲＴ３』『トーキョー偏差値』『美女に幸あり』『美女は何でも知っている』『美か、さもなくば死を』『美は惜しみなく奪う』『地獄の沙汰も美女次第』『美女の七光り』『桃栗三年美女三十年』『美女と呼ばないで』から抜粋、加筆、編集したものです。

林 真理子 はやし・まりこ

一九五四年山梨生まれ。コピーライターを経て作家活動を始め、八二年『ルンルンを買っておうちに帰ろう』がベストセラーに。八六年「最終便に間に合えば」「京都まで」で直木賞、九五年『白蓮れんれん』で柴田錬三郎賞、九八年『みんなの秘密』で吉川英治文学賞をそれぞれ受賞。近刊に、小説『六条御息所 源氏がたり 三、空の章』、新書『野心のすすめ』、エッセイ集「美女入門」シリーズ『美女と呼ばないで』などがある。公式ブログ「林真理子のあれもこれも日記」(http://hayashi-mariko.kirei.biglobe.ne.jp)

美《び》女《じょ》入《にゅう》門《もん》金《きん》言《げん》集《しゅう》 マリコの教《おし》え117

二〇一三年七月一九日 第一刷発行

著者 林 真理子

発行者 石﨑 孟

発行所 株式会社マガジンハウス
〒一〇四-八〇〇三
東京都中央区銀座三-一三-一〇
電話 受注センター〇四九(二七五)一八一一
書籍編集部〇三(三五四五)七〇三〇

印刷・製本所 凸版印刷株式会社

ブックデザイン 鈴木成一デザイン室

 ISBN 978-4-8387-2559-5 C0095

マガジンハウス ホームページ http://magazineworld.jp/